Du Fleuve Rouge
Au Danube Bleu

Translated from English version of

From Red River to Blue Danube

Kieu Bich Hau

Ukiyoto Publishing

Table des matières

La seule route que je connaisse

Mon amour, ne me quitte pas

Sans toi, je perdrai mon chemin

Je ne saurai où aller

Je ne connais pas quelle route dans cette ville

Ou dans un autre pays

La seule route que je connaisse

Est la route vers ton coeur

Si tu n'es pas à mes côtés, ça fera mal

La seule route que je connaisse

Sans toi, je suis perdu(e)...

Pleurer

pleurer pour les gens qui sont morts du Covid

pleurer pour celui qui ne peut pas changer ses mauvaises habitudes

pleurer pour celui qui ne peut pas arrêter de penser

pleurer pour ce qui se passe

pleurer pour celui qui a des soucis absurdes

pleurer pour celui qui ne peut pas pleurer

pleurer pour un monde qui change trop vite

pleurer pour le passé qui obsède notre esprit

pleurer pour moi qui meurs enfin

pleurer

pleurer...

(Hanoï 20 août 2020)

Des cendres partout

"Des cheveux partout" - (Sándor Halmosi)

là où il y a un homme

il y a des cendres

des cendres d'une pipe

des cendres d'une vie

des cendres volent dans le ciel

des cendres d'une cigarette

des cendres dans un cendrier

des cendres sur une table

des cendres sur un verre

des cendres dans une discussion

des cendres dans une boisson

des cendres dans une voiture

des cendres dans un bar

des cendres dans l'air

des cendres sur les cheveux d'une femme

des cendres dans une histoire d'amour

des cendres dans l'espace

des cendres pendant et après une guerre

des cendres dans un recueil de poésie

des cendres d'un corps mort

des cendres de la misère...

Les graines d'amour

Anna, Anna, ma chère perle

Tu es une belle fille

Une petite fille mais avec une grande intelligence

Avec ton amour tu donnes de petites graines

Les graines d'amour avec de petites ailes qui volent partout,

Pour faire grandir l'espoir et faire fleurir le sourire là-bas...

Après-midi ivre

Mords la tristesse
Bois la solitude
Je sens à nouveau le passé

Quelques morceaux de regrets
tombent
en fin d'après-midi
Puis je souris devant la sentimentalité féminine

Venez ici à moi
tous les fantômes du passé
nous sommes tous ensemble enfermés
pour être ivres.

La source

Le ciel ou la terre,

le paradis ou la vraie vie,

tout vient d'une seule source,

la conscience d'être.

Danger

Fin de l'année, j'ai reçu une grande récompense

Je veux acheter un avion privé

Et voler immédiatement à Budapest te voir

Tu souris et m'appelles James Bond vietnamien

Mais sans arme, je ne peux pas tuer

Tu souris et me dis que mes mots

sont assez dangereux pour toi

que mes mots peuvent tuer aussi.

Je souris et te dis que

sans amour et compassion, c'est dangereux, bien
plus...

Changements

Habitudes - cultures

peuvent être bonnes ou mauvaises

peuvent être appropriées ou non

les habitudes inadaptées ne sont pas mauvaises

elles nous poussent à changer

nos vieilles habitudes pour une nouvelle culture

l'intérêt de la vie.

Paix

Le savoir ou le profit,

ne les possède pas seulement pour toi,

mais partage-les pour tous...

C'est lorsque ma mère est vivante,

C'est lorsque ma mère est à mes côtés,

C'est lorsque je suis silencieux

pour entendre sa voix familière

pour ressentir son amour intemporel.

La nouvelle vérité

Le bonheur calme à l'intérieur

La création active à l'extérieur

27.10.2020

(Après la discussion avec HJB)

Soyez vigilant

Nous ne pouvons pas voir le coronavirus

Mais nous pouvons le connaître, le ressentir et le craindre,

et même le vaincre

Nous ne pouvons pas voir un virus mental

Nous le connaissons rarement, le ressentons rarement et ne le craignons pas,

nous le vainquons aussi rarement

Mais il dévore notre énergie,

nous tue jour après jour

par notre inconscience.

Deux lunes

Sur le chemin du retour après une journée de travail
difficile

Mes jambes étaient lourdes mais j'ai continué à
marcher

dans la faible lumière

Le soleil était en train de tomber comme d'habitude

pour faire un coucher de soleil normal

Je me suis arrêté et j'ai regardé le soleil

Tout à coup, j'ai réalisé qu'il était devenu une lune
rouge

Je pouvais le regarder facilement, même le toucher en
douceur

Et tu me manquais, mon âme soeur qui vivait loin

Peut-être as-tu regardé la lune rouge au même
moment

se levant de ton côté ?

et l'as-tu appelée lever du soleil ?

La lune rouge a emporté ma fatigue

a apporté à toi mes meilleurs vœux

Et derrière moi, une autre lune, la lune dorée, volait
dans le ciel comme d'habitude

apportait à moi le murmure de toi

Je suis la lune dorée, et tu es la rouge

Nous sommes loin, mais ensemble, nous sommes sur
le même chemin

nous suivant l'un l'autre,

comme les deux lunes,

se reliant l'un à l'autre

par le même souhait -

juste être entiers.

Perdu dans la rivière du temps

J'ai mis toutes mes affaires dans un sac à dos

Je vais voyager vers ma maison-jardin

J'ai mis mes chaussures rouges

sans savoir ce que je faisais

Puis je suis dans le bus qui me ramène à la maison

Soudain, je regarde vers le bas et je vois

les chaussures rouges

Oh les chaussures rouges

Comment pouvez-vous être ici avec mes pieds

Je ne l'avais jamais imaginé

Je suis entré en vous dans des hôtels 5 étoiles

dans des restaurants de luxe

mais jamais dans un jardin

Demain, je mettrai mes chaussures rouges

et je marcherai vers mon jardin

Je suis perdu dans la rivière du temps.

L'âme sœur

Qu'y a-t-il de plus élevé que l'amour, de plus grand que l'amitié, de plus sacré que la possession des époux ?

C'est la proximité, l'accompagnement et l'association des âmes soeurs. (16.5.2021)

Sans Chemin

Hanoi était dans le temps de la distanciation

Les rues et les ruelles étaient bloquées

Tu m'as appelé depuis le côté du Danube,

Combien nous nous manquions l'un l'autre

Nous ne savions pas si nous allions mourir avant de
pouvoir nous rencontrer

Mais j'ai essayé de vivre,

de construire pour un lendemain meilleur qui ne
viendra peut-être jamais

de garder ton image en moi

de croire que tu m'attends toujours à Budapest

Ensemble, nous passerions par le chemin sans
chemin...

(1/9/2021)

Me libérer

J'ouvre les yeux et marche dans la lumière

Je marche vers "L'Inconnu"...

Je me rends au destin

J'accepte la spirale de la vie

(Hanoi 4/4/2022)

Mot vivan

Ce mot est vivant

Quand je le cache dans le silence.

(Hanoi 26/3/2022)

La beauté de petofi

Ton nom est la beauté de l'esprit hongrois.

Quand je lis ton nom Petofi,

j'entends en même temps la beauté de ma voix.

Tu as vécu ton rêve de Liberté,

pour ton pays,

pour le monde...

Tu as vu la beauté de tout

du petit chat

à une feuille d'or qui tombe.

Tu as chanté la chanson éternelle pour tous,

et en même temps, tu as changé le monde,

en un vrai paradis sur terre...

Le vide divin

"Soyez présent" (HJB)

Pourquoi se rencontrer ?

pour ensuite être forcés de se séparer...

Pourquoi la pleine lune ?

pour ensuite devenir lune décroissante...

Pourquoi me remplir ?

pour ensuite me laisser partir.

Le vide

me remplit de nouveau

L'intimité invisible du tantra

se révèle

la nuit

et je ressens

que je suis celui en toi.

Je peux être n'importe qui

le jour

Seul le vide

apparaît

quand ce n'est ni la nuit ni le jour
quand je ne suis ni ici ni là-bas
Je suis divisé
pour être dans trois mondes,
trois états

Éveillé pour ne plus être personne
nulle part
au-delà de la timeline...

Ce qui reste
la sensation de Samadhi éternel
en moi dans le calme.
Ce qui reste
juste le parfum d'une feuille de menthe fraîche
qui éveille mon esprit.

L'amour sous la lune
L'amour sous le soleil
L'amour est la source d'une énergie sans fin
L'amour est la religion de tous les êtres humains.

Marchons vers notre destin

Nous partageons le chemin

vers l'infini

La longue marche

n'est pas un voyage complet

Elle révèle notre compagnonnage

La longue conversation

n'est pas une question de bien ou de mal

Elle révèle le besoin

d'union

pour nous deux

sur le chemin de notre destin.

Volant sur des ailes dorées

Connectant notre source

quand le Fleuve Rouge rencontre le Danube bleu

Tous les oiseaux

s'élevant des forêts

Toutes les morts

s'élevant des ténèbres

se transforment ensemble en ailes dorées dans la Lumière

volant haut

au-dessus du Parlement

au-dessus de nous.

Autour et autour

Les ailes dorées volent autour

accueillant une renaissance

d'un amour éternel

Et nous voyons la Lumière

en nous

Le soi éminent.

Union transcendantale

Quand nos corps parlent

nos esprits se ferment

nos cœurs battent follement

Laissons nos corps parler librement

Chaque touche de toi sur moi

réveille un pétale frais

Et toute la fleur

commence à fleurir

Un magicien en toi

trouve la Lumière en moi

que je n'ai jamais vue en moi-même

Nos cœurs mènent

tous les baisers à l'infini

Les corps se connectent

L'univers s'unit

Amour sous la lune.

Après une pipe

Allumons trois bougies

Brûlons un bol d'herbe

L'arôme vole autour du balcon romantique

Myrtille et litchi

s'unissent sur nos langues

Après que le bol d'herbe ait brûlé,

vient un long baiser.

C'est si doux

Même un cheveu le veut

et se mêle au malt du whisky Sex

entre nos lèvres enivrées

Les cheveux dans un baiser à nouveau.

Après une pipe,

vient un baiser sucré.

C'est notre rituel sacré -

L'amour sous la lune.

Effondrement de l'humanité

Chère petite fille,

Je sais que tu pleures

Beaucoup de flèches des malheurs

t'attaquent par derrière

Tu es la dernière Cathare

Je pleure aussi pour toi ici

Mais je ne sais pas quoi faire

Je pleure encore plus pour moi-même.

Le monde s'effondre devant moi

Plus je gagne en renommée

Plus je suis seul

Aucune confiance en les gens autour de moi

Aucune possibilité de vivre réellement

Je suis mort

avant que la Mort n'arrive

dans la pièce de la vie.

La mort

Rien n'est important désormais

Quand nous restons simplement silencieux

Des pensées perturbantes

Des pensées excessives

amènent la Mort

effacent nos sentiments

répriment notre amour

Nous ne pouvons pas le dire

Et tu ne pourras jamais t'en remettre

La liberté

que tu tiens tant à préserver

sera perdue

Même si ton cœur pleurait

Et que tu le cachais

Même si je suis silencieux

Je comprime ma colère

Toi - mon illusion

tournant silencieusement le dos à moi...

Ça suffit !

Chacun a besoin de plus

Plus de biens

Plus de titres

Plus de victoires

Plus de renommée

Plus d'amour

Plus de pouvoir

Plus

et plus encore...

Mais Mère Nature

ne peut pas s'occuper de tous ceux

qui en veulent plus

Mère suffit pour ce qu'elle a engendré...

Je me suis coupé

Mon esprit est un couteau dangereux
Je me coupe tout le temps.

L'homme et la femme

"Femme absente, pas de pleurs"*

"Homme absent, pas de douleur"**

Le combat

l'union

Le baiser

La morsure

Le sourire

Le cri

la dualité

nous roule

dans son jeu

Jouons simplement

jusqu'au dernier souffle

par la joie en nous.

*Par l'auteur de la chanson : Vincent Ford

**Chanson de Felice Tazzini, Marco Guidolotti et Marco Loddo

Deux livres

Nous écrivons un livre du futur

Le livre des pensées

Il apporte des souffrances

J'écris un livre de ce qui se passe

Le livre du présent

Il apporte du bonheur

Nous sommes des amoureux de la vie

La vie est un chef-d'œuvre

Vivons-la avec nos cœurs

Créons-la avec nos âmes

Nous sommes tous

Maîtres de nos esprits.

Raisin et rose

Chéri(e)

Viens te reposer sur mes genoux

La longue marche de nuit dans le village d'Etyek*

nous donne une douce fatigue

Le croissant de lune argenté

se pose sur le champ de raisin

comme tu te poses dans ma vie anormale

J'ai besoin de toi, mon cher bébé

comme le raisin a besoin de la rose

Tu es la Rose sensible

dans ce monde dangereux

Qui te protégera, ma Rose ?

** Etyek est un village situé dans le comté de Fejer, en Hongrie, à environ 30 km de Budapest. La région est entourée de vignobles et est connue pour sa production de vin. (Wikipedia)*

Marcher dans l'inconnu

Je marche vraiment dans l'inconnu.

Notre amour est l'inconnu.

Toute personne veut aimer quelqu'un et veut que quelqu'un l'aime en retour. Mais qu'est-ce que le vrai amour?

Savons-nous vraiment comment nous aimer nous-mêmes,

comment aimer les autres?

Nous ne le savons toujours pas.

Nous ne sommes pas assez authentiques pour aimer.

Nous ne sommes pas assez courageux pour aimer.

Nous ne sommes pas assez conscients pour aimer.

Un jour, j'ai eu un voyage très étrange à Budapest,

Et j'ai trouvé un nouvel amour, un amour incroyable

Cela a changé ma vie, et à travers moi, le monde a changé.

C'est plus grand que moi.

C'est plus grand que la vie ordinaire.

C'est l'inconnu.

Nuit d'été dans la rue bartok bela*

Nuit d'été,

la pleine lune

nous dore généreusement de sa lumière argentée

Une nuit fraîche

Une nuit chaude

Tu me tiens par derrière,

tu entres en moi

par les lèvres

en haut et en bas

peu à peu

lentement je fonds

dans une nuit d'été à Budapest

et je t'embrasse tout entier

la nuit d'été est encore

à nous

les deux corps

ont leur propre façon de se parler

en rythme l'un dans l'autre

le fleuve Danube

témoigne de l'amour en silence

le pont de la Liberté

relie les deux rives en vers

et la romance

vient juste de naître.

Bartok Bela est une vieille rue de Budapest (Hongrie).

O homme

Nous nous attachons à ce que nous avons perdu

Nous poursuivons ce que nous n'avons pas

Ô homme, nous ne savons pas ce dont nous avons besoin.

Boîte secrète

Au-delà de la vie

Au-delà de la mort

Un & Andras* finissent enfin par se retrouver

Au Néprajzi Múzeum** de Hongrie

La Boîte de Divination finlandaise***

Guérit leur douleur de la division infinie

Ils se rencontrent dans le futur

Ils se rencontrent eux-mêmes au présent

Nodule, griffe, pierre lisse, baie, brindille…****

Tous les objets de guérison surnaturels

Les entourent dans une musique mystique

Ils se retrouvent d'une manière unique

Seuls les deux sont choisis pour être sur le chemin

vers le monde au-delà de l'esprit dualiste.

*An et Andras sont les deux personnages principaux du roman "The Romance in Budapest" de l'auteur Kieu Bich Hau.

**Musée d'ethnographie de Budapest (Hongrie)

*** *La boîte secrète qui était utilisée pour deviner l'avenir, influencer l'issue d'un amour, éloigner les maux, conjurer ou guérir...*

**** *les objets mystiques de la boîte de divination finlandaise*

Danube en fin d'après-midi

Je quitte Hanoï

Hors de ma zone de confort

Mon âme se réveille

Se réalise elle-même à Budapest

Tu m'emmènes

En centre-ville.

Après avoir mangé

Dîner dans la chanson de Santa Esmeralda*

et l'arôme de la roquette.

S'appuyer sur un fin d'après-midi

Par le Danube bleu

La lumière du soleil miniaturise toute la rue en
couleur dorée

Tu miniatures mon âme par ton sourire

Nous sommes côte à côte

Est-ce la vraie vie maintenant

ou seulement dans mon rêve?

Nous nous rencontrons vraiment

après plus de trois ans de séparation par Covid?

Cette chanson dans la rue

Du cœur de l'artiste

Est pour les âmes sœurs

Qui se rencontrent à Budapest

La ville de l'amour mystique.

La chanson "You're my everything" de Santa Esmeralda

La chanson de la rivière rouge

Ils étaient autrefois des soldats

Ils sont aussi des poètes

Ils ont chanté dans la forêt

Leurs larmes sont tombées sur les camarades sacrifiés
après les batailles

Au-delà de la mort,

Au-delà de la vie

Au-delà de la guerre

Ils ont vécu cette tendance poétique du Vietnam

Pour toujours Vietnam.

Et aujourd'hui, au bord du Fleuve Rouge

Nous chantons tous ensemble la chanson d'amour
éternelle pour eux.

Ao dai* au château de buda

Quand le Fleuve Rouge rencontre le Danube bleu

dans le courant le plus profond.

Une petite aile orange s'envole vers le château de
Buda

Une fille vietnamienne en Ao dai

rêve au bord de la colline surplombant la rivière

écoutant le murmure des deux fleuves.

Entendre le secret de la douce libération

de l'amour et de la compassion

Dans le silence

La petite aile orange se fond dans le courant

La confluence du Fleuve Rouge et du Danube bleu.

*L'ao dai est une robe traditionnelle vietnamienne.

Amour et gratitude

(Remerciements à HJB)

Tu me donnes de l'amour

Tu me donnes du pouvoir

Une source pour un rêveur

pour devenir un nouveau poète

Une nouvelle Maija*

chargée d'énergie mystique,

exprimant une grande gratitude à l'Univers

Comme un iceberg flottant

Le mariage est le connu en haut

L'amour est l'inconnu en bas

Ce que nous voyons flotte

Ce que nous ne voyons pas est infini,

Dans l'amour, nous sommes centrés

Dans l'amour, nous entrons dans l'inconnu,

nos âmes

Nous accédons à nos cœurs,

accédons au plus grand mystère,

l'esprit,

les possibilités,

et l'Akasha.

Maija - personnage d'un vieux film tchèque

Mer en ébullition

La mer bout

Toutes les espèces sont tuées en même temps

La terre roule dans l'univers comme un œil vapeur-
chaud

Et tu me fais bouillir

par tes larmes chaudes.

Chant quotidien

Moins de querelles

Plus de zen

Moins d'assises

Plus de jogging

Moins de tristesse

Plus de rire Yoga

Manger moins

Travailler plus

Moins de haine

Plus d'amour

Moins de coups

Plus de caresses

Moins de nouvelles dramatiques

Plus de poèmes

Moins d'armes

Plus d'arbres

Moins de consommation

Plus de nettoyage

Nous sauvons le monde

SOS

Réparez-vous

Avant de commenter sur quelqu'un
Commentez d'abord sur vous-même
Modifiez ce que vous pensez,
ce que vous allez faire.

Corrigez-vous
C'est la bonne façon de corriger ce monde
Ouvrez vos yeux
Regardez à l'intérieur de vous
Vous verrez l'univers
Et trouverez l'équilibre.

Illusion

Dans l'image entière de toi,
le vrai toi est à 20%,
un autre toi dans mon esprit est à 80%
Il y a un conflit en moi
La beauté et le secret
de t'aimer.

Hôtel président

Sur la terrasse du café

de l'Hôtel President

La Tour de la Basilique St. Stephen, l'œil de Budapest,
le style néo-gothique,

tout illuminé sous le regard doré

À côté l'un de l'autre ce soir,

nous trouvons la quiétude

le plus grand pouvoir

dans l'univers.

L'amour authentique n'est jamais une erreur

Nous ferions mieux de profiter de notre amour
maintenant

avant qu'il ne fonde

Les feuilles de margarita* salent mes lèvres

Et tu les bois de mes lèvres salées

Plus tu en bois

plus tu as soif

Mais tu ne pleureras pas dans 30 ans

parce que nous buvons ces gouttes salées ici et maintenant.

Sagesse

Asseyez-vous à la place la plus basse

Effectuez la mission au niveau le plus élevé

Économisez votre énergie pour votre travail principal

La tâche historique est entre vos mains.

Restez calme

Ne niez personne

Chacun a sa place sous le soleil

Ne supprimez aucune relation

Vous ne savez pas qui vous rencontrerez à la fin du
chemin

Ne suffoquez jamais une idée

Chacun peut faire entendre sa voix sous le soleil.

Chant secret de l'âme de la solitude

Au sommet du Musée d'Ethnographie*

Je n'ai pas peur de la grande hauteur

quand tu es à côté de moi

Je marche jusqu'au ciel

Je marche dans une brume

Je sens que je suis ta petite princesse

dans le pays de la légende, de l'amour et du progrès

Sorti de la brume

tu entres dans une photo

quand je souris

Le moment de beauté est capturé

par le smartphone,

stocké là pour toujours

comme une preuve de l'existence ici maintenant

L'amour éternel pour un moment

quand mon âme chante sa chanson secrète...

*Musée d'ethnographie de Budapest (Hongrie) - Musée
d'ethnographie

La cendre en moi

Errant dans la mémoire

Fusionnant dans la misère

Le Fleuve Rouge manque au Danube

cache les vagues profondes et immobiles

La solitude serre l'absence

Toute la nuit à rester éveillé en attendant

Les vers brûlants écrits

Me laissant - la cendre en bas.

M.U.M*

Sur mon chemin vers le travail

Je pense à toi tout le temps

et tu me manques beaucoup

Comment vas-tu là-bas, mon amour le plus cher ?

Vois-tu à quel point je t'aime ?

Le souvenir de toi nourrit mon âme

Mon âme chante la chanson de l'amour

tout en tenant l'éternité dans ma main.

*M.U.M : *tu nous manques beaucoup*
Miss You Much

Ne jamais faire la fine bouche

Utilisons ce que nous avons dans nos mains

Ne soyons jamais pointilleux sur quoi que ce soit

Réveillons les âmes en toutes choses qui nous entourent

Réduisons la souffrance de toutes les espèces

Le plus simple est le plus grand.

Bat trang, se tenant la main

Dans la pluie volante du printemps,

nous voyons l'âme de la terre.

700 ans d'un village de céramique,

l'histoire nous raconte une vérité plus grande que
jamais.

(Village de céramique de Bat Trang, février 2023)

Tu es un vent fort

Tu as dit, parfois nous devons être rapides, parfois lents,

parfois bruyants,

parfois silencieux

Tu viens à moi comme un vent fort

Et ma vie devient soudainement un poème.

Tu es un vent fort

Je suis une eau douce

Nous transformons le vent en eau

en harmonie

Et ainsi sur les vagues vers l'Infini.

L'esprit

Pas d'énergie

Pas d'ambition

Ni haine

Ni amour

Juste être invisible

voler n'importe où

observer ce qui se passe

sans aucun contact

sans interférence

sans évaluation

Esprit !

Purification

Poussant dans la boue du samsara

Le lotus fleurit en d'innombrables vers d'amour

Chaque pétale contient un vers

continue à s'ouvrir

s'ouvre

s'ouvre encore plus...

Quand toutes les autres personnes liront ces vers

Le bonheur sera libéré

La lumière brillera

L'amour grandit dans tous les cœurs

à partir d'une graine dorée,

Laisse le vide en moi

Une purification

Juste être ici maintenant.

HJB

Tu es tombé accidentellement sur moi à Hanoi

Je ne savais pas que tu étais HJB*

Jusqu'au jour où je suis venu à Budapest

Tu m'as regardé et toutes mes paroles ont disparu

Le monde entier est devenu un poème d'amour

Le vent est devenu doux et sucré

La vague a oublié ses vibrations

Une romance au bord du Danube bleu

Bien que nous ne nous rencontrions nulle part

En réalité, je te rencontre partout où je vais

Bien que cela puisse être une rencontre impossible

Tu es sûrement l'endroit où je veux le plus aller

et rester pour toujours.

*HJB : *James Bond hongrois*
Hungarian James Bond

Doless

Inutile de renverser le riz de quelqu'un d'autre

La nature le filtrera

Le meilleur combattant ne combat pas.

Insensé

L'amour

L'âme

Nous avons tous besoin d'eux

L'amour est comme un parfum

Quand on l'utilise depuis longtemps

On perd son arôme

Ton âme est comme un parfum

Quand on l'utilise depuis longtemps

Elle disparaît

En fait, ton amour, ton âme sont toujours en toi

Tu perds juste ta sensation.

Les robots ne se fâchent jamais

Parfois, les gens m'attaquent non pas à cause de moi-même,

Ils ont une bombe à l'intérieur d'eux et elle explose soudainement sur moi

Que puis-je faire avec ces bombes ?

Que puis-je faire pour être invulnérable face aux démons ?

Je deviens un robot, sans émotion

Je souris simplement à toutes ces attaques

Et je dis simplement "Merci" à ces gens/démons

Les robots ne se mettent jamais en colère.

Te toucher au loin

Je suis à Hanoi

Tu es à Budapest

Entre nous, il y a une grande distance de plus de dix
mille kilomètres

Je te manque chaque minute

Et je ne peux pas te toucher de ma main

Alors je te touche doucement avec mes pensées

Le sens-tu, mon cher HJB ?

Je t'aime de très loin

Je te touche à chaque fois avec mes pensées

Tu es toujours dans mes pensées

Une partie de moi sait que

Je devrais t'aimer pour toujours à distance

Je ne devrais jamais te posséder comme mon amant
ou mon époux habituel

Tu n'es pas une chose, mais tu es tout

Nous devrions être libres de nous accrocher l'un à
l'autre

Mais une autre partie de moi veut que tu sois à moi

Est-ce une dualité féminine ?

Entre les deux

Mon esprit se déplace

Tu es toujours dans mes pensées

Je veux te dire que je t'aime et que tu me manques
chaque jour

Mais j'ai tellement peur que tu te fatigues de moi

Et je me demande si tu m'aimes autant

Alors je garde le silence, je le dis à distance

J'espère que tu peux m'entendre

Même quand je ne dis rien

Je te touche doucement avec mes pensées

Tu es toujours dans mes pensées.

Métaphores vivantes

1

Aucune condition pour la liberté

Aucune condition pour l'amour

Nous sommes des êtres humains

2

Plus on croit,

Plus on accomplit

3

Ne soyez pas une victime

Soyez un vainqueur

4

Ne soyez pas un survivant

Soyez un créateur

5

Où il y a un feu, il y a une vie

Et je suis l'eau

6

Pourquoi s'inquiéter?

Soyez un guerrier

Prier

Le bien nous donne de l'énergie

Le mal nous rend plus forts

Merci à tous !

Prostituée

(Quand le ciel se penche vers l'enfer)

"Femme en haut, femme en bas" - HJB

Depuis l'hôtel Cinema

Je suis allé au centre-ville de Séoul

Soudain, j'ai découvert

Au coin d'une rue

Dans une zone bondée

Où je ne peux pas marcher

La fille allongée sur la route

Je fais attention de ne pas te marcher dessus

Je veux pleurer

Regarder en bas et te ramasser

24 heures par jour

N'importe quel homme peut t'appeler

Trouvent-ils de la joie sur ton corps ?

Atteignent-ils la douleur au plus profond de toi ?

Leur luxure détruit notre monde

La douleur est dans mon cœur

Et je pense à mes filles à la maison

Elles travaillent maintenant dans leur bureau

Ou sourient avec leurs amoureux

Ou dorment heureusement dans leur lit chaud à la maison

Et toi ?

Tu es allongée ici sur la route

En corps nu

Avec un numéro d'appel pour le sexe disponible 24 heures sur 24

N'importe qui peut te marcher dessus

Brouillée par les larmes de mes yeux

Je m'agenouille sur la route

Et je te ramasse

Je souffle la poussière de toi

Je souffle le fardeau et la douleur de ce monde matériel

C'est ça !

Les yeux grands ouverts, les yeux fermés

Sur un coin de rue de Séoul

La fille allongée sur la route

Une feuille tombante en automne

La feuille ondule au vent dans le ciel

La call-girl m'agite en bas sur la route

En levant les yeux, je vois la feuille rouge ondulant
dans le vent

En regardant en bas, je vois la call-girl en haut rouge
agiter mon esprit, mon cœur...

Je m'agenouille

Je m'agenouille,

Le ciel s'incline vers l'enfer...

Une tempête d'amour

Beau corps aromatique

Et baisers passionnés

Tu me pénètres de ta puissance

Je te ferme en moi

Une tempête d'amour

Deux corps s'entrelacent

L'énergie se libère

La liberté éclot

Can gio* - le petit paradis

Marcher sur des coquillages de mer cassés et pointus

Cela coupe et ton orteil saigne

Tu souris et me dis que cela n'a pas d'importance

Les douces vagues viennent mouiller mes cheveux

Et je parais si triste

Une fille triste dans le petit paradis

La lumière du soleil colore ta peau en rouge

Tu vas dans la mer bleue

Loin de moi

Je ne te vois pas parmi des millions de vagues
blanches

Tu plonges dans la rime

J'écris ton nom sur le sable mouillé

Même l'eau est si curieuse

Elle monte pour voir mes lettres sur le sable

Entoure ton nom HJB

Mon cœur est rempli d'amour

Ton âme est pleine de bonheur

Tu me dis : "Maintenant, je sais ce qu'est le bonheur"

L'éternel moment que nous avons créé

La profonde mémoire devient la source
d'accomplissement

Pour trouver l'équilibre dans la solitude

Un doux baiser dans les vagues salées

C'est tout ce que je peux te donner maintenant

Les vagues mouillent tellement mes cheveux

Le vent les sèche ensuite

Tout cela se produit à Can Gio - notre propre petit
paradis

Je t'aime et je te laisse partir

Comme la mer libère ses vagues dans le vent

Où que tu sois, c'est mon petit paradis

Le temps passe

Le temps nous libérera de cette vie

Les vagues viennent et vont

Les vagues effacent ton nom que j'ai écrit sur le sable

Seul le petit paradis reste

reste

reste hors du temps...

(9 fév. 2023)

(*Can Gio est une plage située à environ 50 km du centre de
Ho Chi Minh ville, Vietnam)

À propos de l'auteur

Kieu Bich Hau

Membre de l'Association des écrivains vietnamiens

Né en 1972 dans la province de Hung Yen, Vietnam

Diplômé de l'Université de Hanoi pour les enseignants de langues étrangères (département d'anglais) en 1993

Certificat du cours d'écriture créative de l'école de création littéraire Nguyen Du.

Expert exécutif du bureau des affaires extérieures de l'Association des écrivains du Vietnam (depuis 2019 jusqu'à maintenant)

Éditeur du magazine NEUMA de Roumanie

Éditeur du magazine Humanity de Russie

Ambassadeur de l'éditeur Ukiyoto du Canada au Vietnam

Rédacteur en chef de Vietnam Textile - Garment - Fashion Magazine (de 2011 à 2021)

Ancien rédacteur en chef adjoint du magazine Intellectual (de 2008 à 2011)

Ancien adjoint au directeur du comité de rédaction du magazine New Fashion (de 1993 à 2003)

Vit actuellement à Hanoi, Vietnam.

6 Prix littéraires :

Prix littéraire pour la jeunesse en 1992 par le journal Tien Phong et l'école de création littéraire Nguyen Du.

Deuxième prix du concours de nouvelles organisé par le journal Literature en 2007.

Prix du concours de nouvelles organisé par le magazine des arts et de la littérature militaires en 2009.

Prix de la meilleure nouvelle de la part du Commandement naval en 2015

Prix de la meilleure nouvelle par le magazine des arts et de la littérature militaires en 2015.

Le Prix ART Danubius en 2022 pour sa contribution à l'enrichissement et à l'approfondissement des relations littéraires et culturelles entre le Vietnam et la Hongrie.

Publication de 20 livres:

- *La route de l'amour* (Volume de nouvelles, 2007)

https://www.vinabook.com/duong-yeu-p25837.html

- *Vagues orphelines* (Volume de nouvelles, 2010)

https://dongtay.vn/sach/song-mo-coi-6211

- *Nuage d'or* (Volume de nouvelles, 2011)

https://www.vinabook.com/may-vang-truyen-ngan-p43009.html

- *Suivre l'arôme de lys* (Volume de nouvelles, 2011)

https://tiki.vn/theo-dau-loa-ken-truyen-ngan-p341347.html

- *Camomille verte* (Roman, 2012)

https://tiki.vn/xuyen-chi-xanh-tieu-thuyet-p344782.html

- *Le rêve bizarre* (Volume de nouvelles, 2012)

https://tiki.vn/di-mong-p358775.html

- *Changer la vie* (Volume des essais, 2014)

https://tonvinhvanhoadoc.net/thay-doi-doi-nguoi-tap-tan-van-cua-kieu-bich-hau/

- *Pub de souris* (Volume de nouvelles, 2015)

https://tiki.vn/quan-chuot-p430495.html?src=brand-page&2hi=1

- *Les roses ne tiennent pas dans un bocal de pâte de crevettes.* (Volume de nouvelles, 2017)

https://tiki.vn/hoa-hong-khong-o-cung-mam-tom-p690983.html?src=brand-page&2hi=1

- *Épouse intelligente* (Volume de nouvelles, 2019)

https://tiki.vn/smart-wife-vo-ao-p10501730.html?src=brand-page&2hi=1

- *La dernière chanson* (Sélection de poèmes et de nouvelles, 2019 - version anglaise)

- *Le lieutenant général qui a travaillé 9 ans dans la Maison du Dragon* (Histoire de vie, 2020)

- *La flèche rouge volante* (Volume de nouvelles, 2020)

https://dongtay.vn/sach/mui-ten-do-vut-bay-9511

- *L'inconnu* (Volume de poèmes bilingues : Anglais et Italien par IQdB Edizioni- 2020)

https://www.amazon.it/dp/B08C94RKR2/ref=sr_1_1?_ _mk_it_IT=%C3%85M%C3%85%C5%BD%C3%95% C3%91&dchild=1&keywords=i+quaderni+del+bardo+edi zioni+per+amazon&qid=1593855594&sr=8-1

- *Le Dieu est en nous dans l'humanité infinie (Volume de nouvelles, 2021)*

- *Le juron à Budapest (Roman, 2021)*

https://tonvinhvanhoadoc.net/loi-the-budapest-luon-la-chinh-minh-trong-tinh-yeu/

- *Où vous appartenez... (Roman, maison d'édition jeunesse, 2022)*

- *Être humain, être démon (Roman, Ukiyoto Canada 2022)*

- *La peur (ouvrage traduit, maison d'édition de l'Association des écrivains du Viêt Nam, 2022)*

- 5Les Lumières (Volume de poèmes coédité, Ukiyoto Canada, 2022)

www.ingramcontent.com/pod-product-compliance
Lightning Source LLC
LaVergne TN
LVHW092021190726
843493LV00002B/529